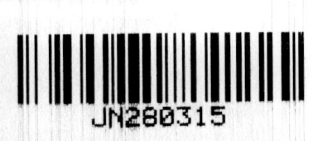

青い空のふもとで

AO I SORA NO FUMOTO DE

夕凪ひかり

Hikari Yuunagi

文芸社

青い空のふもとで

＊

もくじ

青い空のふもとで

「水平線」

たった、一度　だけでいい。

太平洋の　真ん中で　踊る、
つばめ魚《うお》　みたいに、
　自由に　飛んで
　　　　　跳ねて
　　　　　泳いでみたい

海と　空の　境界線を
　スピード出して、走っていく。

羽を　真っすぐに、「ぴっ」と伸ばして、
きらきらの　おめめで、海中を　眺める。

飛んで、もっと　遠くまで　飛んで、

　　　どこまでも　どこまでも

「こぐま座」

お話を　聞いてもらうの、

海《わた》の原《はら》。

だまって　輝く　夜の　星たち

こぼれて、落ちて、1つくらい。

落ちた　お星は　くださいな

大事に　大事に　しますから。

お星のあかちゃん、淋しくないよ、

子守歌、歌ってあげるから。

「桜　貝」

ココロ　コロコロ　かわるコロ
あなたの　ココロに　きいてみる
コロがる　コロコロ　あたしのココロ

ポロポロ　ポロポロ　ながれたナミダ
さらさら　ながれた　おがわのなかに

うみまで　ながれた　ナミダの粒は
粒々　気泡に　出会えたの

気泡と　つぶつぶ　波ナミと
いっしょに　海で　砂あそび

浜辺に　書いた　砂の　文字
淡い　桃色　さくら貝

「青馬と白の旅行」

ふうわり
　　　　やわらか
　　　　　　　　昼下がり
ゆられて　ゆられて　どこへ行こう

満点の　星空で
　お星と　おはじき　しましょうか

南の島の　ヤシの実と
　ないしょの　お話　しましょうか

浜辺で　いるかと　夕食会　♪♪♪

ゆうらり　ふうわり　ふわ　ふわら
真白《ましろ》な　お花に　つかまって
　　雲の　おふとん　いいにおい

「くもさんの水まき」

空から、さらさら　水が　落ちてくる

キラキラ光って、とっても　きれい。

　この水、どこから落ちて
　　　　　　　　　　くるんだろう？
　小っちゃな豚の、ももちゃん　考えた。

そうだ！　きっと　お空のくもさんが、
きのう　白い畑に植えた　種のため、

　かわいい、新しい芽のために、

いっしょうけんめい、お水をあげてるんだ

「大きくなあれ、大きくなあれ♡♡」

くもさんは、せっせと　その芽に、
お水をあげる。

くもさんの白い畑は、
たっぷり　お水をもらったので、
プクプク　どんどん　ふくらんだ。

新しい芽は、葉が出て、つるが伸びて、
たくさんの色の、お花が咲いた！

虫さんたちも、お花の　いいかおりに
誘われて、ぷくぷくの白い畑に、
遊びに来たよ ♪ ♫

畑では、みんな　あまりに楽しくて、
音楽会が　はじまった ♪ ♪ ♪ ♫

くもさんも、みんなと一緒に
ダンス　ダンス

ももちゃんも、おいでよ！

地上に　ほんとに
小っちゃく見えた、ももちゃんを、
くもさんは　見つけて、

　ふわふわふーの　ぷくぷくぷーって
飛んで、むかえに　行った。

くもさんは、頭に　ちょこんと
ももちゃんのっけて、

お空をお散歩しながら、みんなの所に
戻っていったよ。

今度は、ももちゃんも、みんなと一緒に、
　　　　　　　　　ダンス　ダンス

5月

6月

7月と

くもさんは、毎日　本当に　忙しい

「泡《うた》　沫《かた》」

霧の咲く山　獣道

　前は　見てても　見えなくて

　　迷って　叫んで　探したの。

手に触れ　つかんだ　その花は
震えて　やさしく　微笑んだ。

透き通った葉の　鼓動の　音
聞いてみるから　耳にあてて

露を　ひとしきり　集めたら、

空から　零れた　光の玉と
重ねて　そうっと　運んだの。

小指の先に　乗せながら

小さく光る　露しずく。

銀の葉　流れる　川明かり

潤《うる》んで　溢れた　ひとしずく。

「浅《あさ》　縹《はなだ》」

仄仄《ほのぼの》明けと同時の　朝の陽光が、
うすぼんやりと　瞼《まぶた》にあたり、
目覚まし時計になって、目覚めたの。
あ～　早起き！
ゆっくりとした、朝食時間。
好きな服を、選んだら、何して遊ぼうか、
考える……

決めた！
すぐに　大好きな　原っぱへ
歩いて行こう。
今日は　原っぱと　遊ぶんだ。

白詰草の　草原が　こっちだよって、
ささやいた。
白詰草の　花をつみ、編んでいく……
どんどん　長くなって、首かざりや、
ティアラにゆびわ。
ぜーんぶ、お揃いなの。いくつも、出来たよ。

四ツ葉のクローバーは、見つかるまで、
どこまでも　探しに　ゆこう。

クローバーの葉の上に、とまっていた
七星てんとう虫。
そーっと　つまんで、中指の背に、
指をピンとして　乗せてみる。

「あっ」　すぐに、飛んでっちゃった。

「ん──いいにおい」
草の香りの上に、ごろんと寝ころんで、
浅縹の　お空を　ながめるの。

流れる浮雲の　ショータイム。
くじらになったり、うさぎになったり、
風に　誘われて、楽しいね。
しばらく、目を細めながら、
雲達を見ていた。
「気持ちが、いいなぁ～」

草原には、まだまだ　いろんな物が、
かくれんぼ。

遊んで　歩いて　行くうちに、
とうとう出て来た、つくしの子。

草原のはずれの、
小高い丘の　土の間から、
かわいい顔して　生えている。

たくさんで、背くらべをしてたけど、
２本だけ　摘んで、
今日のお土産にしてみたよ。
「もう　そろそろ　帰りましょう」
来た時とは、違う道を　選んで帰っていく。

お部屋にあった、紙で出来た小箱に、
やわらかい紙を一枚敷いてから、
並べて入れたら、
つくし達、何だか
寄りそっている様に、見えたんだ。

「今年のテーマは、これに決めた!!」

今晩、

大一っきな　超豪華な　お船に乗って
世界10周の旅に　行ってる気分 Bag 、

を　作っちゃお──っと

毎年、
“このBagは、ここにしかないBag”を、
1つずつ　作るのが、

ここのとこ、私の行事に　なりつつある。

超うれしー

#「君のは、何色かな？」

これから　もっと　大きくなるうち、
みんなの背中から、羽が生えてくる。
ちょっとずつ、ちょっとずつ……。
背中が、何だか　モゾモゾしだしたら、
それは、羽が、もうすぐ生えるって合図だよ。
ある時、羽が　生えそろったら、
紺瑠璃色の真夜中に、空飛ぶ　練習を、
たくさんする。
１人、テクテク　公園へ……歩いていく。

だあれもいない、公園の、一番高い
すべり台を選んで　よじ登り、
青墨のこうもり傘を、一か八か　差しかざして、
落ちても大丈夫なように、準備した。

「えい！」ハタ、ハタ、パタタ……
少し　浮いてる！　２枚の羽が、
背中で、筋肉運動をはじめた。
「すごいよ！ほんとに　飛んでる！」

だんだん　飛ぶ距離が　長くなってきたら、
いよいよ　本番だ。

だけど、絶対、秘密にしとこう。

透き通ってるけど、しっかりとした感触の、
闇夜にきらりと光る　自分の羽を、
左腕を後ろに回して、
そーっと撫でてみながら　確かめた。

間違いなく、ちゃんとある。

家までは、歩いて帰ろう……

うれしいからって　飛んで　帰って、
だれかに　見られちゃうと、大変だから……

「幌馬車」

幌馬車と、何もないカラカラに乾いた大地と、
ぽっかり浮かんだ千切れ雲が
ゆったりと流れていく青 ── い空。
今、目の前に　あったら、
すぐに　幌馬車のとこまで、走ってく……

「待ってー！　その馬車に乗せてー！」

テンガロンハットを、目深に被った彼。
聞こえたみたいで　馬車を止めてくれた。

「あの山の　ところまで、
乗せて行って、もらえませんか？」
ほんのり笑って、
左手で「乗って行きな」の合図をしてくれた。

「ありがとう！」

私の　持ってる　お水をどうぞ。

水筒を　手渡すと、
彼は　にっこりして、受け取った。

ガタゴト　ガタゴト　揺れる幌馬車。

背高のっぽの　サボテンの林を、
通りぬけながら……

カタカタ　ゴトトン　真夏の風に揺れて、
なびく　ふさふさ、馬のたてがみ……

砂丘の　砂のにおいが、
甘く　かすかにしたみたい……
もう少しだけ、夢の中にいさせて……

「暖　和」

たまには　お日様に　ロープをかけて、
地上まで　引っぱって　降ろそうよ。

それで、お日さまの上に、
超巨大なフライパンのっけて、
スパゲッティ、何億人分も作るの。

何億人で、いっしょのディナータイム。

みんなで、ワイワイガヤガヤ
あっちでも、こっちでも
笑い声や歌声が、聞こえてくる……
なんて、素敵、なんだろう！

暖炉のかわりにも、なってくれるしね。

お日さまに、感謝　感謝。
……いつも、私たちを照らしてくれて、
ありがとね。

「鈴なりの　紅い花で　遊びましょう」

無地の　羽子板　もってきて

紅色の　お花を　描きたいな

地面に落ちてる　紅い花、
つぶして　色を　とりましょう

木枝の先で、色を　採り、
板に　好きな　お絵かき　楽しそう

羽子のこ　そっくり、
木から　こぼれ落ちた、
　　　　　　　鈴なりの紅い花

「まるぶしゅかんの　色の恋」

あなたを　想うと、
胸の奥のオレンジ色のリボンが
きゅ――ってする

いろんな事、かわったって、
　　　　　　　　かわらなくたって

素直な自分で　いられるのは、
　　　あなたの前で、だけなんだ。

心の天気予報は……

　晴れ　のち　くもりのち　大雪のち
　くもりのち
　降水確率　０％　？　ほんとのところは……

ひかりの予報は、あてに　なんない。

あなたは、かわったんじゃなく、
あなたは、少しずつ、

私に　見せてくれるんでしょう？
そうなんでしょう？

ね ——
なんで　そんなに　クールなの？
　それとも、シャイなの？？
ひかりの事、ほんとに　好き？

もっと、もっと、かまって、

　　かまってよ ————

全然　逢えない

だから、お話も……
　　　　ゆっくり　できないじゃん

「あなたに♡　♡　♡」

雨の日なら、雨に　いっぱいあたりたい。
風の日なら、風の中に吹かれて、
その場で立ちつくし、
そのまま　少しだけ　抵抗してみたい。

その道の角を　まちがったら、
きのうの　私は　もういない。

でも、小っちゃな時の　私は　そのまま
ずっと一緒に　ついてくる様に……
毎日は　楽しい事も
新しい　発見も
それを、楽しみにかえていくのも
動く事を止めない激《たぎ》つ瀬の様に、
次から次へ　新しい水が、流れては、
わきかえるのに　とても似ている。

あなたは、いつも　太陽に、
心を　晒《さら》していますか？

瞳の奥で、お話ししていますか？

変わっていかない日は、ないから、いい。
確実に、昨日と今日は、何かが違っている
はずだから……
それが、目に見えようと、見えまいと。

あなたが、自然に　生き生きと、
していられる　場所に　いてほしい。

自分でも、思いもしない　瞬間に、

笑顔が　生まれるはずだから。

「波　面」

忘れたくたって
　　　　　忘れられない事が　ある。

許したくたって
　　　　どうしても　許せない事も　ある。

お願い、時間を　戻して！
　　　　　　　　　　あの時に……

何も、　　　いらないから……
　　　　時間だけ……　　戻してよ

お空の向こうに　神様は、本当にいるの？
　　　　教えてほしい……

どうして、こんなに、苦しいの？

私は　ただ　一生懸命、生きている
　　　　　　　　　　　　　　だけだよ。

いつも　一生懸命な　だけだよ……

どうして、みんな、いなくなっちゃうの？
遠い想い出なんて、もう、いらないから……

心に広がる追憶を、消しゴムで消す事は、
出来ないけど、
でも、お水を少しだけ濯《そそ》いだら、
遠い記憶は　薄くなって、心の波紋は、
おとなしくなれるはず……

あの時、欲しかったのは、

　　　あなたの笑顔と、
　　　　　　　　わたしの笑顔。

それだけで……　　　よかったのに。

「探索中」

私は、あの日から、楽になれた？
自分の心に、静かに　聞いてみる……

大好きな、あなたに、自分から、
おかしな事ばかり　言って……
今でも、信じられない気分。

私と乗った、恋のシーソーは、
あなたは　少しは、楽しめたの？
（私は、本気で、楽しかった）

あなたと　引き合う、綱引きに、
私は、引っぱられ、よじられて、
でも　いつまでも　握り締めてて……
しまいに、綱は、最近
どっかに投げちゃった！

……ほんとうに、ほんとうに　淋しいけれど、

これ以上、あなたと　同じ森の中、
迷って迷子になっちゃった、
私と小さな子羊は、１人と１匹、
どっちに行けばいいのか、探索中。

右を見ても、左を見ても、
大きな木と、生い茂る　草だらけで、
「あーん　もう。どっちに　進めばいいの？？」
足《あ》掻《が》いたって、らちあかない。

だけど、ふと　気がついたの。
　　　上が、ある！

見上げれば、晴れ渡る空が、
満面の笑みで　こっちを見ている。
空高く　飛んでいる、飛行機ぐもが、
こっちへ　Come　On！　って　サイン、
出してくれたよ！！
Let's　そっちの方へ、
行ってみちゃおうかな。

「ブルーベリー」

別々の　場所で……　だけど、
一緒に　食べようと　思って
買ってきた、ブルーベリータルト。

Cakeの箱は、2コに　して
もらったの。

1つの箱を、手渡せた……

まだ、食べてないけど、味は、
ほろ苦いのかな……

だって、見ちゃったんだもん……
“○×△　いらしたんですね”

敢《あ》え無く、アッパーカットで
K・O負け★

「のんびり、行きましょう」

だいじょうぶだよ、
あなたの歩くべき道も、
行く先も、
居る場所も、
そのうち見えてくるから……

そう慌てなくたって。
やりたい事がなければ、
いけないワケでもない。

周りを　よーく見てみる時間、
ゆったりと、１日を楽しむ時間、
カチコチと、確実に進む、
時計の秒針のように、
大切な、あなたの人生は、
刻まれていき続ける。

「笑　み」

負けず　嫌いの　おちびさん

あなたに　出会えた　偶然は
神さまさえも　知らぬはず。

あなたは　友で　ある様な
あなたは　母で　ある様な
あなたは　娘で　ある様な

はしゃぐ　私に　教えてね

これから　長い　旅をする？
あなたが　私を　飽きるまで。

一緒に　歩いた　公園の
葉桜の下　粒ジュータン

あなたが　手にした　かわいい実
紅く　染まった　ちっちゃな実

あなたの　ほっぺは　実ほどに
紅く　ほんわり　ほほえんだ

ハッとしたの、あなたが
小桜の　実を　クロスして
　　　　　　　　生けた　テーブル
　　　　　　　　　　　　　　華やいだ

小淋しいのも、夕空の向こう……

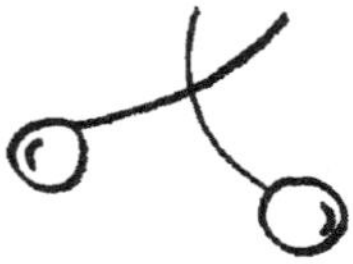

「鼓　動」

いつか　私の体が　朽ちて果てるなら、

どんなに　嫌な事が続いて
心が苦しくたって、

どんなに　生きているのが、
つらくなっちゃったって
私は、
逃げない。
諦《あきら》めたくない。

精一杯、生きてみたいんだ。
人は　必ず　いつか　死んじゃうよ……
その時までは　何度も、何度も
失敗をくり返して　生きていくしか　ないんだ。
（私の場合は……）

出来る限り、前だけ　むいて、生きていく。

でも、突然　うしろを
ふりむきたくなる時も　あるよ。

もちろん、見ちゃう。かまわない、
かまわない。
前を、むいてるけど、
横だって見ちゃうしネ。
(あはは)
……くたびれたら、お休みすればいい。

長いのか、短いのか　分かんない旅路に
無理したって、しょーがない。

分からないから、おもしろい。
(生きてるって、ワクワクする！)
絶対に……　　諦めないよ

ライバルは、目には　見えないものだから。
ゆっくりと、マイペースで、歩いていく。

どこまでも、どこまでも……

「こわれた　心のもどし方。」

マニュアル本が、売っているはずもなく、

自分で　自分に　聞いてみる。

だれかに　相談したくても、
みんな、お仕事。

お友達だって、みんな　忙しくしてるの
知ってるけど、
ほんとは、よりかかりたい……

だけど、小っちゃい時から、
一人で考えて、一人で　答え出すクセ……
ついちゃったんだよ。

だから、結局、相談されれば、
乗るけど、自分の相談は、
あんまりしてないね……

……それなら、思いっきり遊んで、
ほどほどに　食べて、
バタン、きゅー　Zzz

……忘れる　努力って、必要なのかな。

『がんばりすぎなんだよ。』
　だって、性格なんだもん。

『ゆっくり、すれば、いいのに。』
　どうして、ゆっくりしないの？
　　　　　　　　　　　　　　……

自問自答の　空中飛行は、長そうです。

「みんな　おんなじ」

今、何歳に、なりましたか？

生まれた　ところは、どこですか？

どこの国でも、どこに　行っても、
みんな　同じ　人間だね。

いろんな　景色を　見てみたい。
たくさんの人に、出逢いたい。

言葉が、通じなくたって、
　　　　どうにかなっちゃう
　　　　　　　　　　　ものなんです。

見た事もない　世界は　いつも
となりに　あるんだね。

「うつせみ」

今日も、「これでもか」だった。
きのうも、「これでもか」なのに。
おとといだって、「これでもか」……なんで？

もしかして、明日も、これでもか？
わかんないけど、あさっても、これでもか？

もーいいでしょ、ひかりのこれでもか人生は！

それでも、めげずに、生きていくんだ。
……びっくりする様な事って、
どうして起きちゃうんでしょう。
「これでもか」も、そのうち諦めるでしょうね。
私の事をかまうのを……
(いつまで　経っても　打ちのめされない、
根性だけは、あるんだもん)
なんとかなるでしょ、生きていればね。
……そして、おだやかな生活だけが、
ひかりの望みです。

「今すぐ」

いじめないで、だれの事も。
いじめられないで。だれからも。

心を、強く、もってみよう。

どうして、人は、人を、いじめるの？

私には、よく、分からない。

でも、これだけは、分かるよ。
みんなは、嫌な　気持ちになる……

いじめたあとの、あなたの気持ち、
いじめられたあとの、あなたの気持ち、
それを見た　私の気持ち。

嫌な気持ち、同じだよ。

「助けて」って　言われたの。
話を聞いて、ビックリした。

その子と、お友達になって、遊んだよ。
いじめた子とも、遊んだよ。
どうして　いじめたの？ って、聞きたいけど、
聞けなかった……
とても、いじめてる子に、見えなかった。

先生は、何も知らない。
何も、分かってない。
それとも、知らないフリしてるの？

いじめちゃった人、いじめられちゃった人、
一度でいいから、握手してみて。

その手は　きっと、あったかいよ。
やさしい心は、みんなに、あるよ。

人の悪口は　きらいだよ。

くだらない。

大人の世界でも、いじめたり、
いじめられたり……

信じられない。……どうしちゃったの？

意地悪すると、どんな　気持ち？
大人なんでしょう？　知ってるんでしょう？

誤解も、全て自分が、しているんだよ。
……
毎日は、すごく、すごく　楽しいよ。
だって、それは、ほんとうに、
一度だけの人生なんだから。
大切な、大切な、毎日に
あなたの笑顔が　見られます様に。

「エールをさえずる青い小鳥」

生きている意味は、みんな　それぞれ、
違うんだと思う。

１人１人の、すごく大きな設計図があって、
毎日、右へ行くか、左へ行くか、
それとも、まっすぐなのか、
バックしてみるのか……
自分自身で、決めているはずなんだ。
間違っていると、思いこんでいたのに、
それは、ほんとは、正しかったりする。

たまには、設計図から、はずれてみませんか？
すごく大きいと思っていた、設計図、
本当は、超小さいのかも　知れない……。

野心も野望も、捨てたくない。
もっと、何かが出来る。何か、生まれる。
無限の可能性には、年令なんてないもの。

「ことば」

話す言葉と、
　　　　想う言葉と、
　　　　　　　　書く言葉。

全部　違うのかな。
同じ　時も　ある。

反対の時も　ある、言う　言葉。

上手に　伝えられたら、どんなに
いいかな、心の移り行く色を……

　もどかしい、私の心。

“言葉は、心の使いのようには、なれなくて”

「どれ？」

頭の中で、たっくさんの、やりたい事が
犇《ひし》めき合う。

あれも　やりたい、これもやりたい！
何から　やろうか。
どれが　いちばん　はじめ？

あ──ん、もう。
どんだけ　迷ったって、やっぱり　１つだけ。
１つずつしか、できないんだ。

落ちつけ、落ちつけ。ひかり。

まず、頭の中から、１つ　取り出して、
その　やりたい事、やって、
はい、それから　次の事。

いろんな楽しい事、いっぱい考えすぎて、
頭、ばくはつしそうです。

「９の力」

９の力で　いられたら、いいと思う。
何かをする時、何かを考える時、
１０の力が出せたら、
それは　それで、すばらしい事。
本当は、それが　出来れば、いいけれど、
だけど　私は　９がいい。

９までは、めいっぱい　努力するんだ。
ひとつ、とっておくと　気が楽なんだー。
だから、あえて、とっておく。
次に、つなげたいから。
いつも、自分のする事に、
納得は出来ないから、
１０には、ならない。

自分のがんばれる　数は、
自分で　考える。
だから私は、人に、「がんばってね」って
とっても　いいずらい。

みんな　それぞれ、
ほんとに　がんばってるんだろうから、
プレッシャー、かけちゃいけないな、
と思うんです。

“がんばりすぎずに、マイペースでねっ”

それが……いいよ！

「今も、元気で、いてほしい」

あなたと一緒に、いろんな事を、お話しして、
遊んだり、学んだり、笑ったり……。

あなたと一緒に、お仕事をして、
寝る間も　おしんで　お話ししながら、
たくさんの事を、教えて頂いた……。

あの時の、あの時間があったからこそ、
今、私は、ここに　こうしていられます。
そして、いい事も嫌な事も、
たくさんの経験を経たから、
人の心の温かさや、命の尊さ、それに、
自然はどんなに大切なものかを、
知る事が出来たんだと信じています。

いろいろな方との、出逢い……
人と人。出逢っては、別れて、それは、
くり返され、そしてまた、出逢う。
どの１つも、生きる私のエネルギーになって、
たくさんの勇気を、与えて下さいます。

本当に、月並みですが、
どうも　ありがとう　みんな！

この言葉以外は、他に　見つかりません。

いつか、また、逢える事を楽しみに、
明日も、元気に　行きましょうね。

「星《せい》野《や》光《こう》……　君に」

私は、　一度、　死んだんだ

だから、

だれにも　見えてない
何も　　　話せない
だれも　　知らない
何も　　　分からない。

死んだんだから、もう一度、
生まれかわって　生きてゆくのは
簡単な　はずなのに

死んだんだから、もう二度と、
感情なんて
ない　はずなのに……

私のあとを　ついてくるの

生きている　私が

どうしてなの？
ついて来ないで

人は、一人では、生きられない。

でも、もしかしたら、私は

生きているんだから

だとしたら

この人生、明明白白《めいめいはくはく》　楽しまなくっちゃ

(ひつじのなき声みたい)

今、この瞬間も、それぞれの人生！

この間、町の人の声が、耳に入ったの。

この言葉……

“つまんない。”なんて思ったら、

つまんない。

“やる事ないなー。”なんて言ったら、

やる事、なくなっちゃうよ。

だったら……

笑って！　歌って！　遊ぼうよ！

その、輝く瞳、見せて 

その瞳で、未来を　つかんでいける。

あなたの、光る　今のために、

その素敵な、瞬間の　ために

「お星様になった　あなた」

追謚《ついし》するなら、あなたは　向日葵《ひまわり》

真夏の　緋衣を纏《まと》った太陽が、
憎らしいほど　ジリジリと音をたて、
容赦なく照りつけても……
さっきまで、真っ白にモクモクしていた入道雲が、
突然　顔色を変え、
辺り一面に　うすいグレーの風が吹き荒び、
叩き付けるようなスコールに、当たったとしても、
ずっと、そこで、咲いていた……
それでも、いつも、笑顔で　いてくれた！

あなたに、私の　最大限の感謝の気持ちを。

私に、『自由』である事の、
本当の意味を　教えてくれた、あなたに。

どうか、届いて！　雲の上まで……

きっと　また、笑っているんでしょう

どうして、そんなに、笑ってばかりいたの？

笑い転げる　あなたを　毎日　見て、
私は、育ったんだよ。
私も、つられて、笑ってたよね。

最高に、かわいい人だったよ。
お母さん。

永遠に、忘れないからね。
私を産んでくれて、
ほんとうに、ほんとうに、ほんとうに、
ありがとうございます。

Forget me not, for you.

「小鳥が　呼ぶから」

心に聞いてみて……
心の空に、太陽は、流れていますか

うごめく大地と　動いていく心と
深い空で泳ぐこと……

私は　あなたのテリトリーに、
もう　はいらないよ。
うごめく大地と　遊ぶから……

小鳥が　呼んでる声がする。
海原に、ひまわりを植えに行ってくる。

あと少しだけ、となりにいたい気も
するの……

歩くペースが、ほんの少し違っただけ。

あとがき

私の詩が、１冊の本になるためにご協力いただきました、たくさんの皆様、本当にありがとうございました。私のいくつかの詩を、原稿用紙に書いて、文芸社に持って行ったのは、2003年の５月頃でした。この場を持つことができましたことを、皆様に、心から感謝申し上げます。

言葉で自己表現するのが、とてもヘタな私は、“書く”ことでだったら、少しでも自分に素直になれる。いつも心で思っていることを、文字にしていく作業は、本当に楽しかった。私が生きている証しの１つとして残ったら、どんなに素敵なんだろうと、いろんなことを思い描きながら、１つずつ書いていました。

でも、実際には、ぐちゃぐちゃに泣きながら書いた詩もあります。……何かのご縁で、この本を読んでくださったみんなが、ちょこっとへコんじゃったり、元気がない時、ほんの少しでもみんなの“元気の素”になれたら、私としては本当に幸せです！

口で言うほど簡単ではないけど、人生は決して楽しいことばかりじゃない。そして、誰も１人では生きていけない。だけど、嫌なことだって、ずっと続くわけじゃないと思うんです。目には見えないけど、やさしい神様がいるんだとしたら、きっといつも、見守っていてくれてると、私は信じています。それと、毎日を、とても頑張っているあなたを、まずは一番愛しているのは自分自身になって、あなたのことを、大切に大切にしてくださいね。

そーだな、お休みの日は、たっぷり休憩して自分のやりたいことが少しでもできたら、またまいぺーすで、がんばっていきますか。あてどない旅なら、ゆっくり歩いていきましょうよ。行き先も、自分で決めて……ね。

世界中のみんなが、幸せで、健康でいられますように。

みんなの笑顔が、明日も見られますように。

Thank you so much !

夕凪ひかり

Profile ＊ 著者プロフィール

夕凪ひかり（ゆうなぎ ひかり）

1969年　東京都生まれ。

本名：河野 道子

青い空のふもとで

2003年12月15日　初版第1刷発行

著　者　夕凪ひかり
発行者　瓜谷綱延
発行所　株式会社 文芸社
〒160-0022　東京都新宿区新宿1-10-1
電話　03-5369-3060（編集）
03-5369-2299（販売）
印刷所　株式会社 フクイン

ISBN4-8355-6723-4 C0092